這本可愛的小書是屬於

_____ 的！

國家圖書館出版品預行編目資料

要勇敢喔!－第一次上幼稚園 / 方梓著;皮卡,豆卡
繪.－－初版一刷.－－臺北市：三民，2005
面；　公分.－－(兒童文學叢書.第一次系列)

ISBN 957－14－4211－9　（精裝）

850

網路書店位址　http://www.sanmin.com.tw

© 要勇敢喔！
　　──第一次上幼稚園

著作人　方　梓
繪　者　皮　卡 ／ 豆　卡
發行人　劉振強
著作財　三民書局股份有限公司
產權人　臺北市復興北路386號
發行所　三民書局股份有限公司
　　　　地址 ／ 臺北市復興北路386號
　　　　電話 ／ (02)25006600
　　　　郵撥 ／ 0009998－5
印刷所　三民書局股份有限公司
門市部　復北店 ／ 臺北市復興北路386號
　　　　重南店 ／ 臺北市重慶南路一段61號
初版一刷　2005年2月
編　號　S 856821
定　價　新臺幣貳佰元整
行政院新聞局登記證局版臺業字第○二○○號

有著作權·不准侵害

ISBN　957－14－4211－9　（精裝）

記得當時年紀小

（主編的話）

　　我相信每一位父母親，都有同樣的心願，希望孩子能快樂的成長，在他們初解周遭人事、好奇而純淨的心中，周圍的一草一木，一花一樹，或是生活中的人情事物，都會點點滴滴的匯聚出生命河流，那些經驗將在他們的成長歲月中，形成珍貴的記憶。

　　而人生有多少的第一次？

　　當孩子開始把注意力從自己的身體與家人轉移到周圍的環境時，也正是多數的父母，努力在家庭和事業間奔走的時期，孩子的教養責任有時就旁落他人，不僅每晚睡前的床邊故事時間無暇顧及，就是孩子放學後，也只是任他回到一個空大的房子，與電視機為伴。為了不讓孩子的童年留下空白，也不願自己被忙碌的生活淹沒，做父母的不得不用心安排，這也是現代人必修的課程。

　　三民書局決定出版「第一次系列」這一套童書，正是配合了時代的步調，不僅讓孩子在跨出人生的第一步時，能夠留下美好的回憶，也讓孩子在面對起起伏伏的人生時，能夠步履堅定的往前走，更讓身為父母親的人，捉住了這一段生命中可貴的片段。

　　這一系列的作者，都是用心關注孩子生活，而且對兒童文學或教育心理學有專精的寫手。譬如第一次參與童書寫作的劉瑪玲，本身是畫家又有兩位可愛的孫兒女，由她來寫小朋友第一次自己住外婆家的經驗，讀之溫馨，更忍不住發出莞爾。年輕的媽媽宇文正，擅於散文書寫，她那細膩的思維和豐富的想像力，將母子之情躍然紙上。主修心理學的洪于倫，對兒童文學與舞蹈皆有所好，在書中，她描繪朋友間的相處，輕描淡寫卻扣人心弦，也反映出她喜愛動物的悲憫之心。謝謝她們三位加入為小朋友寫書的行列。

1

當然也要感謝童書的老將們，她們一直是三民童書系列的主力。散文高手劉靜娟，她善於觀察那細微的稚子情懷，以熟練的文筆，娓娓道來便當中隱藏的親情，那只有媽媽和他知道的祕密。

　　哪一個孩子對第一次上學不是充滿又喜又怕的心情？方梓擅長書寫祖孫深情，讓阿公和小孫子之間的愛，克服了對新環境的懼怕和不安。

　　還記得寫《奇奇的磁鐵鞋》的林黛嫚嗎？這次她寫出快被人遺忘的回娘家的故事，親子之情真摯可愛，值得珍惜。

　　王明心和趙映雪都是主修幼兒教育與兒童文學的作家。王明心用她特有的書寫語言，讓第一次離家出走的兵兵，幽默而可愛的稚子之情，流露無遺。趙映雪所寫的雲霄飛車，驚險萬分，引起了多少人的回憶與共鳴？那經驗，那感覺，孩子一輩子都忘不了，且看趙映雪如何把那驚險轉化為難忘的回憶。

　　李寬宏是唯一的爸爸作者，他在「音樂家系列」中所寫的舒伯特，廣受歡迎；在「影響世界的人」系列中，把兩千五百歲的酷老師──孔子描繪成一副顛覆傳統、令人印象深刻的形象，更加精彩。而在這次寫到第一次騎腳踏車的書中，他除了一向的幽默風趣外，更有為父的慈愛，千萬不能錯過。我自己忝陪末座，記錄了小兒子第一次陪媽媽上學的經驗，也希望提供給年輕的媽媽，現實與夢想可以兼顧的參考。

　　我們的童年已遠，但從孩子們的「第一次」經驗中，再次回到童稚的歲月，這真是生命中難忘而快樂的記憶。我希望每一位父母都能與孩子一起走回童年，一起讀書，共創回憶。這也是我多年來，主編三民兒童文學叢書，一直不變的理想。

　　第一天上學，大概是所有的小朋友既期待又害怕的一件事。

　　現代家庭，大多只有一個或兩個小孩，而且很多小朋友都是讓保姆或是阿公阿嬤照顧長大的，也都是在沒有什麼玩伴的情況下，度過孤單寂寞的幼年。到幼稚園去認識朋友成了小朋友最大的願望。

　　我的女兒從兩歲開始，每次看到娃娃車上的小孩，或是在公園遇到其他的小朋友，甚至是路過幼稚園時，總是捨不得離開，從她的神情，我讀出她渴望著朋友、玩伴。再好的家庭環境，再好的父母，總無法滿足孩子們想和其他小朋友打成一片的願望。

　　群體生活是人類基本的願望，不管成人或小孩都無法孤獨的生活，尤其小朋友是透過幼稚園或小學、中學的群體生活，做為將來長大踏入社會的先行適應期。

　　幼稚園是現今小朋友的第一所學校，也是從這裡開始有了「同學」的概念。

　　雖然，許多小朋友都喜歡讀幼稚園，然而，第一次孤單的離開爸爸媽媽，第一次一個人面對著從不認識的人，第一次在沒有親人的陪伴下處在陌生的環境，害怕、緊張是難免的。如何讓第一天上學的小朋友不害怕，是很多家長擔心的事，事實上，小朋友適應環境的能力，有時比我們想像的還強，還要快速。我想那是群體和友情的召喚，對孩子來說，因為彼此同樣擁有孩童的赤子心、容易卸除防衛的心，所以極易在短暫的時間內找到共同的語言以及相似的經驗，坦誠的打玩成一片，這在成人過度設防的心態下是很難做到的。

　　雖然，小朋友的適應能力強，但是如何在小朋友第一天上學，為他

3

做好心理準備，仍是爸媽的重要課題。首先，是要讓小朋友不害怕，增加他的信心；然後，教導他愛人、與人為善為友的心態。即使面臨著小朋友被欺負、彼此會爭吵的時候，那也是必然的過程，除非情況相當嚴重，否則無需反應過度，使小朋友在群體中自在的適應。

本文中，東東算是極為順利的度過了第一天的學校生活，同時也結交了好朋友。但是情況並非總是如此。我的大女兒三歲就讀幼稚園，當天就和小朋友打成一片，每天快快樂樂上學，樂不思蜀；小女兒則不然，在幼稚園從小班讀到中班才停止每天上學的哭泣，才適應幼稚園的群體生活，才消除離開爸媽的不安全感。

第一天上學，第一天待在完全陌生的環境，第一天適應群體的生活……幾乎所有的小朋友都要面對這樣的害怕，不管適應的時間長短，每個小朋友終究會融入屬於他們自己的群體。身為父母者，除了希望子女在學校獲得知識外，也期盼他們有個快樂、充實的童年。

方梓

要勇敢喔！

第一次上幼稚園

方　梓/著

皮豆　卡卡/繪

終於，媽媽願意讓東東去讀幼稚園了。

從四歲半，東東就吵著要去上學。現在東東五歲了，媽媽說可以上幼稚園了。

好幾次，阿公帶著
東東去公園散步，
路過一所小小的
幼稚園，東東總會
停下來，好奇的看著
園內的小朋友，他們
玩得好開心，讓東東
好羨慕。

「阿公，我什麼時候可以讀
幼稚園？我想跟小朋友玩。」
東東好希望自己就在裡面，
跟著他們玩耍。

「快了，過幾天你就要讀
幼稚園了，東東就快要有同學了。」

「阿公，什麼是同學？」

「就是你在幼稚園一起上課、
一起玩的小朋友啊。」

「他們會不會喜歡我？」

「當然，只要你喜歡他們，
他們就會喜歡你。」

今天要去幼稚園了，
東東卻害怕起來，
緊張在一個人
也不認識的陌生學校，
也害怕沒有阿公阿嬤陪伴。
現在，東東就快要有
好朋友了。
東東好興奮，
也好緊張，
他的同學會是誰？
他們會不會不喜歡他？

10

「媽媽，我好害怕喔，小朋友
會不會欺負我？」
　　「不會，只要對人好，就可以 13
交到好朋友喔，在幼稚園裡，
你一定可以認識很多朋友。」

東東和媽媽來到一家好大好大的幼稚園。媽媽牽著東東的手，東東緊張的跟著媽媽來到一間教室。裡頭已經有好多人，小朋友都有媽媽或爸爸陪著。
有的小朋友興奮的到處亂跑，也有小朋友害怕的哭了。

15

沒多久，來了一個漂亮的阿姨，她說她是江老師。她要小朋友們坐好，爸爸媽媽們站在教室的後面。哭鬧和笑鬧的小朋友都安靜的坐下來，可是也都不安的回頭看著自己的爸爸媽媽。

江老師一個一個
點名認識小朋友，
然後對爸爸媽媽
說了一些話，爸爸
媽媽們都紛紛
離開了。一些小朋友
又開始哭了，
東東也好想哭。

19

媽媽上班去了，
她說，東東今天
只有半天班，中午
阿公會來接東東回家。
東東旁邊的小朋友
哭得好厲害，讓他
好害怕也好想大哭。
可是早上阿公說，
東東很勇敢，上學是
好事，不要害怕。

　　江老師一個一個安慰哭著的
小朋友。她對東東說，東東好乖
好勇敢都沒哭，還要他拿面紙給
旁邊的小朋友慶慶擦眼淚。東東
害羞的把面紙給慶慶，慶慶接過
面紙，擦擦眼淚，慢慢不哭了。

於是，東東對慶慶說：
「我叫東東，我媽媽說
來這裡是要交朋友的，
你做我的朋友好嗎？」
慶慶點點頭沒有說話。
　　下課了。江老師帶著
小朋友到廁所，慶慶緊緊的
跟著東東，東東好高興，
他終於交到第一個朋友了。

接下來，
吃點心和
玩遊戲，
慶慶都和
東東一起。

27

「今天上課好玩嗎？」阿公牽著東東的手。

「很好玩！阿公，我交到一個朋友了，明天我就讀全天班好嗎？」東東仰著頭對阿公說。

「當然好啊！明天你開始坐娃娃車，就會碰到你的好朋友了。回家了，阿嬤在等我們吃飯呢。」阿公疼愛的摸摸東東的頭。

寫書的人

方梓

臺灣花蓮人，文化大學大眾傳播系畢業，東華大學創作與英語文學研究所碩士。曾任消基會《消費者報導》雜誌總編輯、《自由時報》自由副刊副主編。著作有：報導文學《人生金言》、《傑出女性的宗教觀》、《他們如何成功》；散文《第四個房間》、《采采卷耳》；小說《來去花蓮港》以及童書《大野狼阿公》等。

畫畫的人

皮卡&豆卡

2004年深秋的江南，時而陽光燦爛，時而小雨淅瀝，奇幻而富於童話色彩。畫這本書的兩個人是皮卡和豆卡，就生活在這裡的同一座城市中。他們年輕、充滿激情，他們喜歡日子就像畫布一樣單純，可以塗塗畫畫，可以絢麗多彩。每當寂靜的黑夜來臨的時候，帶給他們的卻是無窮和絢麗的想像。在一個「遠離生活現實」的島嶼上，他們帶著兒時的記憶，用線條和色彩向親愛的讀者們講述了這個上幼稚園的故事。

東東第一次上幼稚園時，既興奮又緊張！小朋友，當你第一次認識新朋友時，你要如何讓他們認識你呢？這裡教大家做一本「自我介紹書」，當你遇到新朋友時，你就可以藉著這本「自我介紹書」讓他們認識你喔！

準備材料

粉彩紙或圖畫紙、毛線或緞帶、打洞機、彩色筆、剪刀。

進行步驟

(1)按照自己的喜好，將粉彩紙裁成2～3張長方形，然後疊在一起對摺。

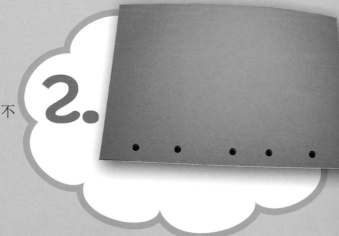

(2)用打洞機在摺邊上打幾個孔，不要離摺邊太近喔！

3.

(3)在封面上寫上名字，貼上或畫上自己喜歡的圖案，也可以貼上自己的照片。封面完成後，可以在其他內頁上寫上關於你的事，讓別人一看就可以更了解你！

4.

(4)在每個孔上用毛線段打上蝴蝶結，屬於你的「自我介紹書」就完成啦！

要讓別人更認識你，可以在內頁寫出你的生日、星座、最喜歡的食物、最喜歡的顏色、最喜歡的偶像、最喜歡的動畫、最想去的地方……，還可以畫上插圖或邊框喔！